WATCH DOGS
T KYO
02

AF129977

Original: **Ubisoft**
Text: **Seiichi Shirato**
Zeichnungen: **Syuhey Kamo**

Inhalt

Episode 7: Profis   003

Episode 8: Das nächste Ziel   051

Episode 9: Kontakt   089

Episode 10: SSB vs. Yamanoi   137

Episode 11: Wahre Profis   181

Episode 7: Profis

4

Wir danken unseren Fahrgäs- ten.

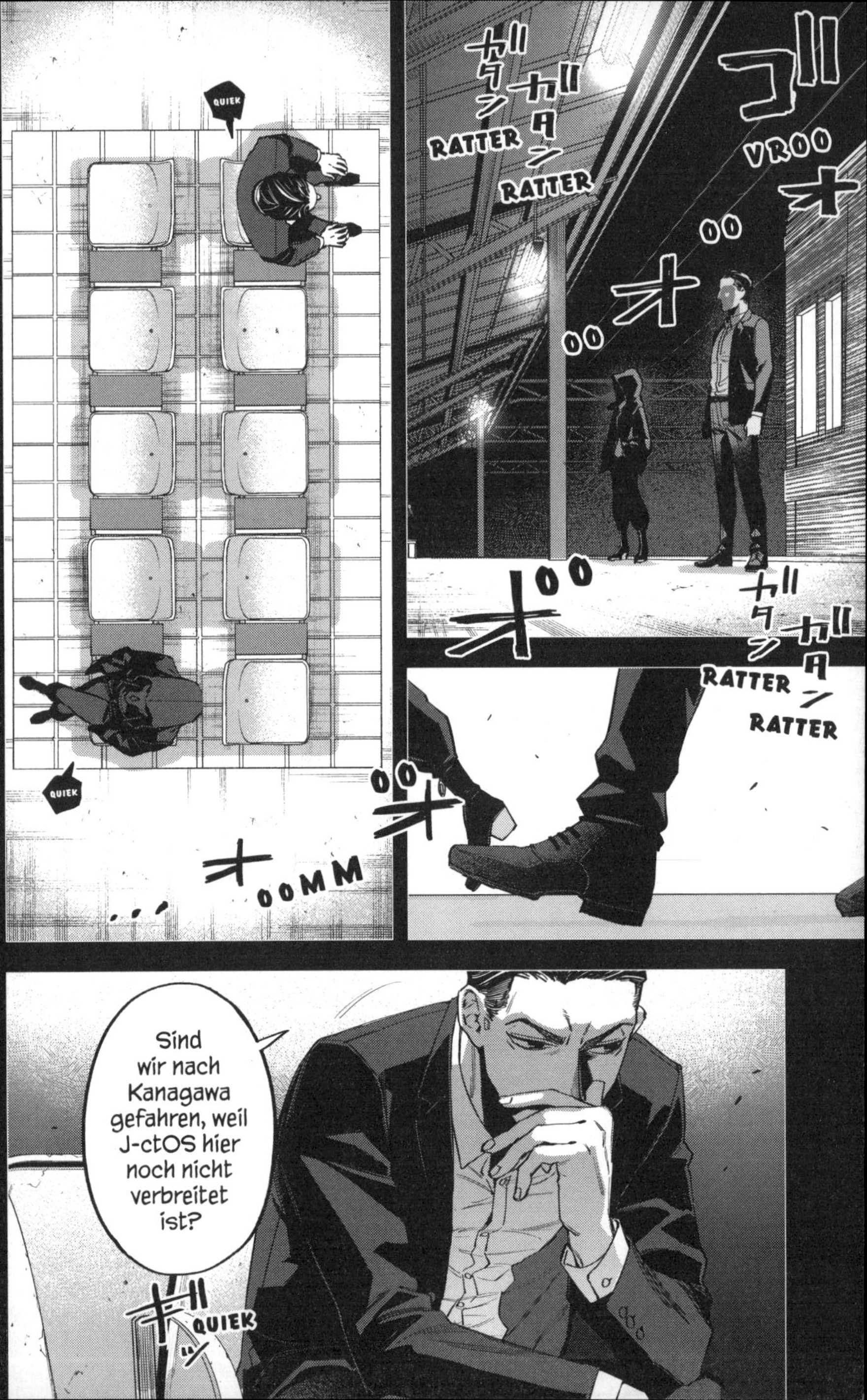

QUIEK

RATTER

RATTER

VROO

00

00

00

オ

00

オ 00

カタン カタン

RATTER

RATTER

QUIEK

オ 00

オ 00MM

Sind
wir nach
Kanagawa
gefahren, weil
J-ctOS hier
noch nicht
verbreitet
ist?

QUIEK

FLAPP

Aber zumindest dieser Bahnhof wird nicht von Blume Japan überwacht.

Hier gibt es natürlich auch Kameras ...

Sicher ist sicher.

Ich möchte mich für neulich bedanken ...

... DedSec.

Keine Ursache, lieber Goda-san* vom Hauptpräsidium.

Ich sollte allerdings erwähnen, dass ich zu »DedSec Tokyo« gehöre.

Ich wollte nur sichergehen, dass uns von Kabukicho niemand hierher folgt.

Du scheinst wirklich ganz genau zu wissen, wie man sich auf einem *Date* verhält.

Hättest du mich unterwegs angesprochen, wär ich sofort abgehauen ...

... und wir hätten uns nie wieder gesehen.

Nun gut ...

Was ist der Zweck dieses *Dates*?

Ich will herausfinden, ob wir einen Pakt schließen können.

Was glaubst du denn?

Das Gesetz?

Darüber wollte ich mit dir reden.

Das Gesetz ist das Problem.

BLUME

Ich rede von denen, die die Regeln der Präfektur Tokyo verfasst haben.

Daraus mache ich kein Geheimnis.

Blume Japan hat den Gouverneur gesteuert ...

... und so die Vorschriften zur Implementierung von J-ctOS durchgesetzt.

J-ctOS

Sag ich doch.

Aber letztendlich ist auch die Opposition verstummt.

Und woran lag das wohl?

Da ist was dran. Zuvor gab es in den Ausschüssen enormen Widerstand.

12

Du meinst den Mann, dessen Leiche man gefunden hat?

Genaueres hätte dir Kijima erzählen können.

Man heuerte Firmen an, die mit Drohungen und Bestechung arbeiten.

Der Seigo-Clan zog im Verborgenen die Fäden zur Einführung von J-ctOS ...

... während Kijima zwischen ihnen vermittelt hat.

Seigo

Er war das Bindeglied zwischen Blume und den Yakuza.

Kozo Takeda
Kanto-Seigo-Clan
Rechte Hand des Vize-Oberhaupts der Torigoe-Familie
Boss des Takeda-Zweigs

Und er soll der Vermittler für den Seigo-Clan gewesen sein?

Er wurde doch mit der Torigoe-Familie assoziiert, die sich gegen den Clanvorsitz aufgelehnt hat.

Kijima soll für den Seigo-Clan gearbeitet haben?

Moment.

Fujitsugu Kaneda
Kanto-Seigo-Clan
Vizevorstand der Torigoe-Geschäfte in Okubo
Boss des Kaneda-Zweigs

Dass Yakuza-Sklaven in die Infrastruktur der Hauptstadt eingeschleust wurden ist zum Brüllen, oder?

Dann hat also der Seigo-Hauptzweig die Drecksarbeit für J-ctOS übernommen, die vorher von der Torigoe-Zweiggruppe erledigt wurde.

Als das dem Seigo-Clan nicht mehr passte, sind sie ihm dazwischengegrätscht.

Jepp. Anfangs hat Kijima hinter den Kulissen im Namen der Torigoe-Familie gearbeitet.

Und am Ende hat ihr Vorstand die Zusammenarbeit mit Blume ohne Kijima fortgesetzt.

Auch ein Oberboss darf die Geschäfte anderer nicht ungestraft an sich reißen.

So zerbrach das Verhältnis zwischen dem Clanvorsitz und der Torigoe-Familie endgültig.

Im Prinzip haben beide Seiten den Kürzeren gezogen.

Aber wenn es heutzutage in Tokyo zu Unruhen käme, würde die Polizei sofort eingreifen.

Und "'"

... warum verrätst du mir das alles?

So ist er also gestorben, hm?

FLACK

Schon vergessen? Ich wollte dir einen Pakt vorschlagen.

FLACK

FLACK

Ja, das war okay.

Disqualifiziert wegen eines dritten Fehlers während der Verlängerung.

Fandest du das fair?

Du hast es echt bis ins Halbfinale der nationalen Judomeisterschaft geschafft?

Ich hab mich über dich schlau gemacht.

Weil du darauf vertraust, dass die Schiedsrichter für Fairness sorgen, stimmt's?

Ja, fürs Finale hat es nicht gereicht.

Aber denkst du wirklich, dass J-ctOS ...

... für Fairness unter den Bewohnern Tokyos sorgen kann?

...

»Was die Chefetage im Präsidium und Blume Japan da abziehen, ist inzwischen zu sehr mit der Politik verwoben.«

»Als einfache Polizisten können wir da nicht viel tun.«

»Kaum hat J-ctOS angefangen, Einfluss auf die Unterwelt zu nehmen ...

... hat diese bereits einen Weg gefunden, sich dem Markt anzupassen, was?«

»Sobald wir den Fall zu den Akten legen ...

Zugriff auf Datenbank verweigert
Für dieses Konto gelten Einschränkungen. Zum Fortfahren wird eine offizielle Abruferlaubnis von J-ctOS benötigt

... geben wir auch die Zugriffsrechte auf die Daten ab.«

... der Zug nach Shinjuku.

Auf Gleis 3 fährt in Kürze ein ...

Wir müssen nicht dieselben Ideale haben.
RATTER
RATTER
Ich bitte dich nur, uns ein wenig zu helfen ...
... damit das Gesetz wieder für Gerechtigkeit steht.
Sowohl für Blume als auch den Gouverneur ...
... ist ein Polizist wie du nicht der Rede wert, oder?
RATTER
RATTER

SBB ...

Das
steht für
S
tainless
S
teel
B
at.

RATAMM

RATAMM

タ

イ

KATSCHAK

PAMM

Hier herrscht ja buchstäblich eine Mordsstimmung.
TAPP
TAPP
KLAPP
KLICK
Doch heute würde ich gerne aufs Töten verzichten.
...

Mir wurde gesagt, Sie wären zu dritt.

Aber ich sehe nur zwei von Ihnen.

Tun Sie sich keinen Zwang an.

RASCHEL

Da bleibt er auch, wenn nichts passiert.

Der Dritte beobachtet das Ganze aus der Ferne.

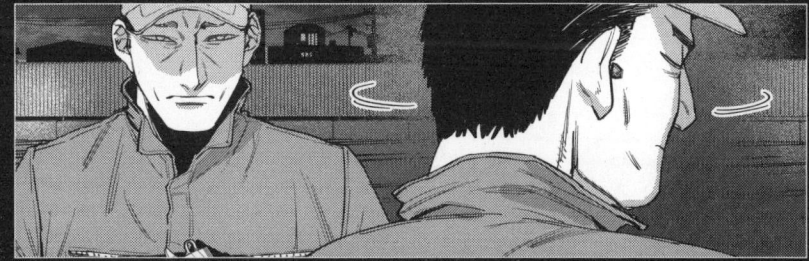

Alles, was Kijima bei sich hatte, waren diese Wegwerfhandys.

Auch in seinem Auto konnten wir keine weiteren Geräte finden.

Das ist doch wunderbar.

Genau diese Handys wollte ich haben.

Sie sollten über noch etwas Bescheid wissen.

Ich weiß nicht, wie er davon Wind bekommen hat ...

... aber ein Polizist ist aufgetaucht.

DOMP

KRACK

PA

Hn
...

Urk
...

u...
...

Als
Kind hat
mich meine
Dummheit
einen Finger
gekostet.

Da mir zwei kleine Finger nicht gereicht haben, entschied ich mich, den Ringfinger abzuschneiden.
WEDEL
WEDEL
Gh!
...
Ich wollte das Beste daraus machen ...
... und hab mir eine nette Vorrichtung ausgedacht.
PIII
UUU

*Zwölf Tierzeichen nach dem chinesischen Kalender

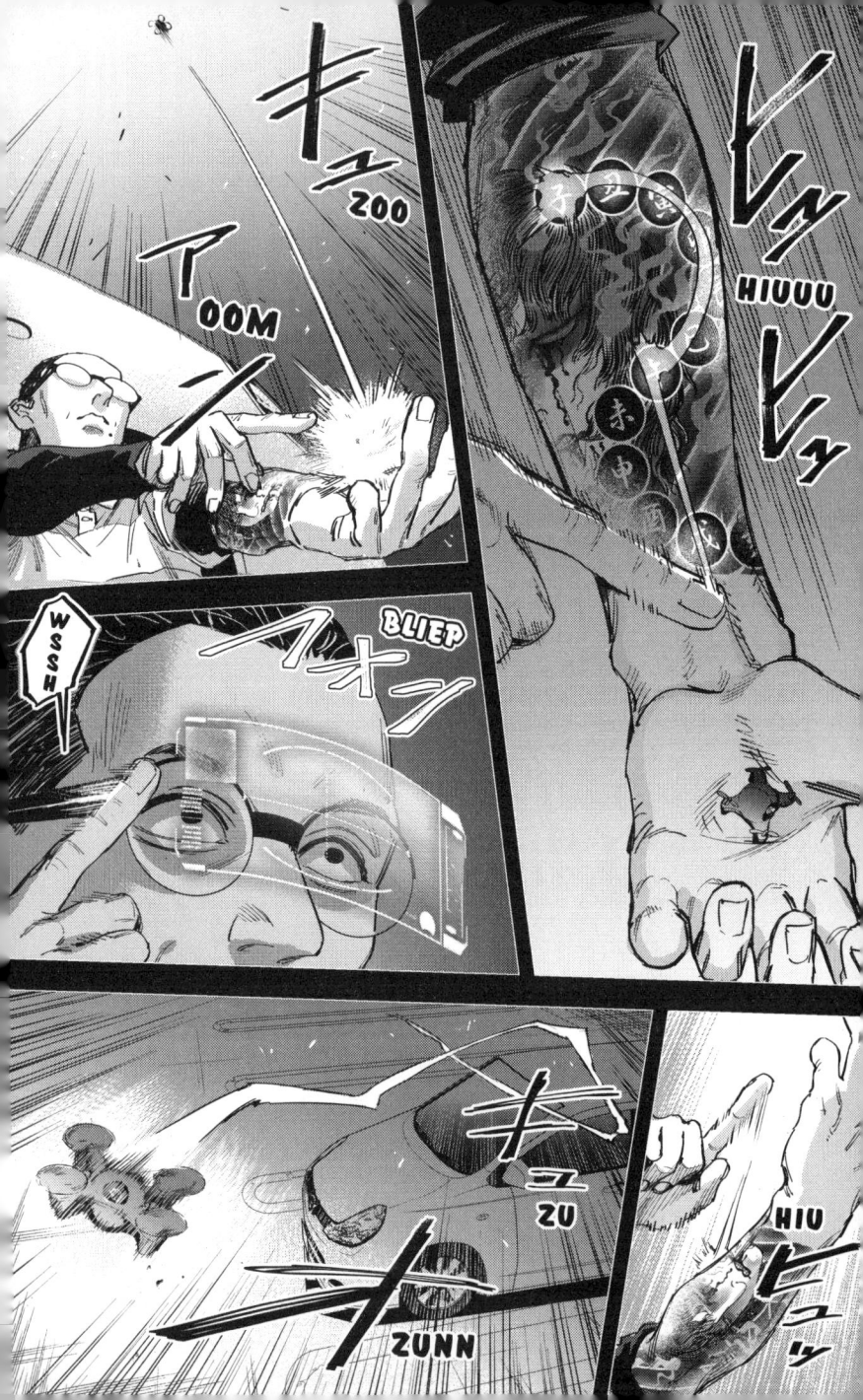

WATCH DOGS
T⬤KYO

Episode 8: Das nächste Ziel

Ein sicheres Tokyo durch J-ctOS

東京都 Tokyo Metropolitan Government

Die Präfekturverwaltung Tokyos plant in Zusammenarbeit mit der Allianz …

… »Schöneres Shinjuku« die Einführung von J-ctOS 2.

Durch den Einsatz dieses Systems sollen Schutzgeldzahlungen an Verbrecher und die Beauftragung ihrer Leistungen unterbunden werden.

In Kabukicho fand hierzu eine öffentliche Kundgebung statt.

Banden raus! Auf eine strahlende Zukunft!

Die Präfektur Tokyo beabsichtigt, J-ctOS zur Prävention krimineller Aktivitäten einzusetzen, das Städtewachstum zu fördern und eine sichere Umgebung für Anwohner und Geschäfte zu schaffen.

Auf dieser Kundgebung waren sowohl Gouverneur Taniyama …

… als auch J-ctOS-Maskottchen »Anzen Miharu-kun*« anzutreffen.

Die Präfektur krimineller A und eine sich

s zur Prävention Städtewachstum zu fördern er und Geschäfte zu schaffen.

*Anrede für Jungen und jüngere Männer

Die Verbrechenskontrolle, die durch das J-ctOS-Update in Angriff genommen wurde ...

Für ein Maskottchen, das für totale Überwachung steht ...

... ist es ganz schön niedlich, oder?

55

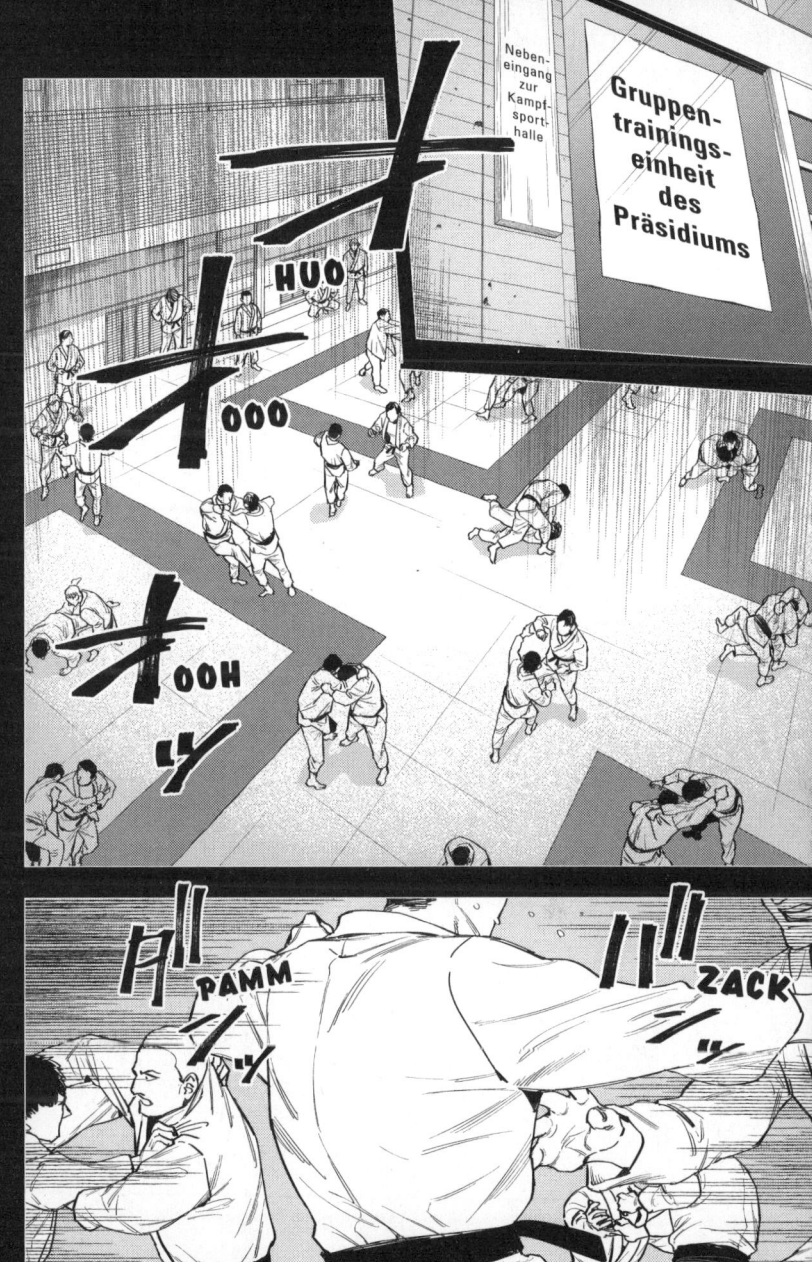

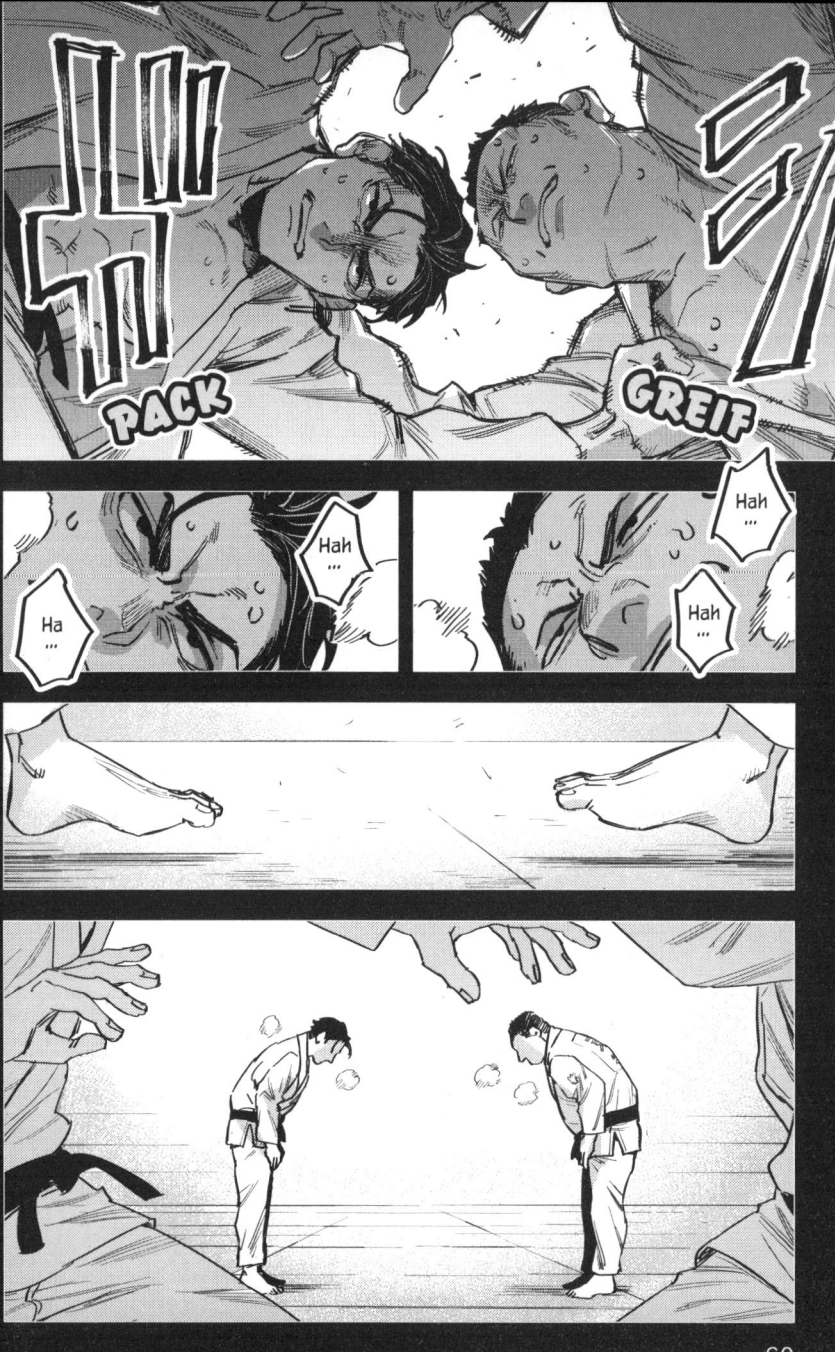

Hey, Goda!

Zäh wie eh und je, was?

Puh...

Hauptpräsidium

Judo-Einsatztrainer der Bereitschaftspolizei Higashida

Du hättest auch Einsatztrainer für Judo werden können.

War ein ziemlicher Schock, als du Polizist fürs Hauptpräsidium wurdest.

Ich hatte eben genug von Judo.

Es war Zeit für etwas Neues.

Nein, ich muss mich mehr reinhängen.

Die Frontalangriffe hab ich noch nicht gemeistert.

Was? Du hast eben noch nicht mal ernst gemacht!

Higash

BEUG

Hauptpräsid

Vizepoli-
zeipräsi-
dent und
Leiter des
General-
dezernats
Nikaido

Ich bin
Nikaido vom
Generalde-
zernat.

Tut
mir leid,
dass ich so
plötzlich
reingrät-
sche.

Ich fühle
mich sehr
geehrt.

Ich
beobachte
deine Leis-
tungen im
Judo schon
seit deiner
Schulzeit.

Wir hatten
noch nicht
das Vergnü-
gen, oder,
Goda?

68

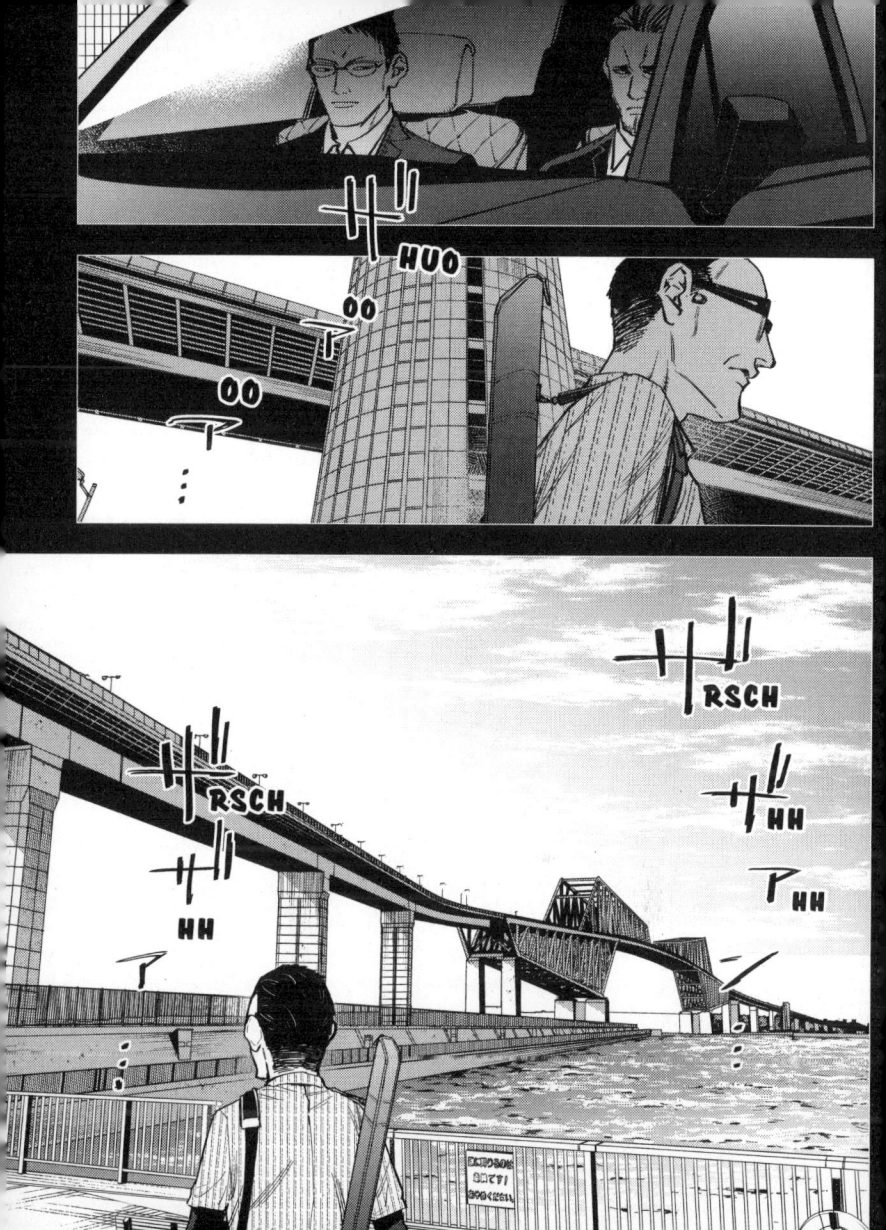

Hast dir aber Zeit gelassen ...

Vorsitz des Seigo-Clans und Oberhaupt der Takahagi-Familie

Munetake Shimizu

... Brüderchen.

Drohnen gehören heutzutage zu den schlimmsten Feinden der Yakuza.

Versteh das nicht als Misstrauen dir gegenüber.

Hat der junge Mann dort drüben etwa ...

... einen Störsender gegen Drohnen?

Reine Vorsichtsmaßnahme.

Dafür muss ich dir schon persönlich danken.

Du hast uns zwar verlassen, aber als Fixer bist du nach wie vor eine große Hilfe.

Nicht doch, Brüderchen.

Es gibt schließlich etliche Möglichkeiten, Leuten aus der Unterwelt zu kontaktieren.

Wenn du wirklich besorgt wärst, würdest du deine Partner nicht mehr persönlich treffen, oder?

ZIP

74

Du bist tatsächlich zum Angeln hergekommen?! Ich dachte, das wäre nur ein Vorwand.

Ojemine ... Heute beißt auch gar nichts an.

Warum kehrst du nicht zurück? Ich würde dir deine eigene Gruppe zuweisen.

Nur, um dann doch wieder schmutzige Geschäften zu machen, wie du?

Ich wollte mal sehen, ob Angeln wirklich so entspannend ist.

Golfen hängt mir mittlerweile zum Hals heraus.

Zur Entspannung solltest du vielleicht einfach in Ruhestand gehen.

KNACK

KNACK

Ich bevorzuge es, im Verborgenen zu agieren.

Nein, solche Dinge liegen mir einfach nicht.

Umso besser. Ich habe nämlich weitere Aufträge für dich.

Und danke, dass du die Spuren so manipuliert hast, dass sie zur Torigoe-Familie führten.

Ich stehe tief in deiner Schuld.

Ich verlass mich auf dich, Brüderchen.

RATTER

Dafür fehlt mir leider die nötige Geduld.

Willst du nicht noch ein wenig mit mir angeln?

Ich muss mich dann langsam empfehlen.

Nicht dafür. Das war alles rein geschäftlich.

Noch was, Brüderchen.

Ach was, wie schade.

HEB

Mir war schon bewusst, dass du das tun würdest, als ich dir den Auftrag gab.

... Brüderchen.

Immer schön ruhig bleiben ...

Außerdem weiß ich, dass du diese Daten nicht leichtsinnig an andere rausrücken würdest.

Ein Yakuza rechnet nie alles durch ... In gewissen Momenten verlässt er sich auf sein Glück.

Er muss die Dummheit anderer Leute einkalkulieren.

Dass du ausgestiegen bist, lag sicher an deinem scharfen Verstand.

SCHAA

AAHH

Ha ha ha!

... einen Denkzettel mitzugeben, wenn man es am wenigsten erwartet!

Einfach nonchalant ...

So kenne ich meinen Bruder – ein Unterweltboss vom Feinsten!

Das war alles, womit ich geboren wurde.

Ich hatte eben schon immer das Zeug zum Yakuza.

Meinst du diesen Polizisten, der in das Lager dieser Fixer hineinspaziert ist?

HEPP

Ich wette, dass Blume und der Seigo-Clan bereits planen, ihn aus dem Weg zu schaffen!

Ganz genau!

WATCH DOGS
T KYO

Episode 9: Kontakt

ZUU

ZUNN

*Weg mit illegalen Drohnen, her mit Sicherheitsdrohnen   **Überwachung

ZUU

ZUNN

JR 上野駅 Ueno Station

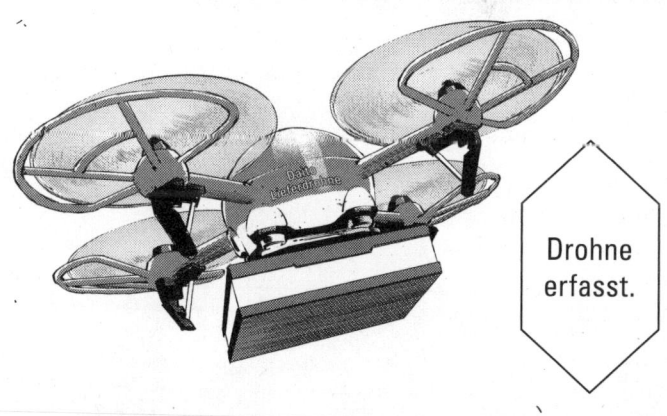

ZUNN

Drohne
erfasst.

Nein ...

Hier sind keine seltsamen Gestalten unterwegs.

Auch der ctOS-Scan ergab im Radius von einem Kilometer keine Treffer.

Fürs Erste reicht es, dass wir Händler und Drohne festgesetzt haben.

Roger.

Verstehe.

Goda.

Unsere Arbeit hier ist erledigt.

Ziehen wir uns zurück.

Jawoll.

Der Zug...

... fährt in Kürze ein.

...

Bitte treten Sie vor die wei-ße Linie.

SSST

Die Türen schlie-
ßen.

Zurück-
bleiben
bitte.

KLACK

KLACK

KLACK

Gut ...

Dann müssen unsere Feinde also nur noch anbeißen, hm?

Wie auch immer.

Hast du wen Verdächtiges in seiner Nähe bemerkt?

Da ist was dran.

Ist doch tausendmal besser als vor uns hinzugammeln, oder?

SHWA

Ich habe mich nicht nur in die überwachungssysteme von J-ctOS, sondern auch in die Handys der Leute gehackt, die sich in seiner Nähe befanden.

Momentan werte ich noch die Bild- und Videodaten dieser Geräte aus.

Endlich
Feier-
abend.

Wie
wär's,
gehen wir
noch was
essen?

Das passiert wohl eher mir. Na gut ...

Irgendwann vergisst sie noch Ihr Gesicht.

... dann lass ich mich mal wieder blicken. Mach's gut!

BEUG

Ach, Schnauze! Meine Frau hat sich längst daran gewöhnt, dass ich nachts nicht da bin.

Sie sollten ...

... nun wirklich nach Hause gehen, Motobe-san.

BZZT

BZZT

!

BZZT

BZZT

Ich hab heut Abend nichts mehr vor, Schnucki.

Stell dich nicht an! Ich hatte doch geschrieben, dass ich dich auf Dates einlade.

Beobachtest du eigentlich meine Aktivitäten über dieses Ding?

Warum habe ich das?

Und ich hatte ausgehandelt, diese Einladungen ablehnen zu dürfen.

Wenn du keinen Bock hast, ist das natürlich okay.
Aber hör dir wenigstens an, was ich zu sagen habe.
Erst mal muss du dir nicht in die Hose machen: Dein Gerät ist technologische Spitzenklasse!
Es kommuniziert über superkomplizierte Verschlüsselungen!
Da würde selbst die NSA auf Granit beißen, ich schwör's dir!
Das ist alles schön und gut ...
... aber könntest du zur Sache kommen?
Wie schön, dass du so verständnisvoll bist.
Ich fass es mal kurz zusammen ...
Du sollst eine Person für mich treffen.

Dein Angebot klingt wie eine Betrugsmasche, ohne mich.

Vergiss es, ich will endlich nach Hause.

Muss anstrengend sein, auf das Volk aufzupassen, was?

Echt? Wie schade.

... in unseren jeweiligen Missionen voranzukommen.

Es könnte die Chance für uns sein ...

Wer weiß?

Und wer soll das sein?

Das siehst du dann.

Ist ja nicht so, als würden wir Korruption und so aufdecken!

Ey, wie fies!

Zum Beispiel kriminelle Hacker.

Mein Job ist es, Verbrecher in Schach zu halten.

Alles, was du tun musst ...

... ist dich mit ihr zu unterhalten. Du kannst sagen, was du willst.

Es würde dir wirklich nicht schaden, diese Person zu treffen.

Aber das mal beiseite ...

BZZT
BZZT

Das ging ja fix!

Ich bin jetzt da.

Jedenfalls kannst du da einfach stehen bleiben.

Die Gerechtigkeit wird dir für diese noble Investition danken.

Siehst du mich etwa?

Habe die Gebühr sogar aus eigener Tasche bezahlt.

Ich bin mit so einem Noodl-Car gekommen, mit dem wir neulich vor diesen Typen geflohen sind.

114

Es handelt sich um die rechte Hand …

… des Stellvertreters der Torigoe-Familie.

Der Torigoe-Familie?

… und hatten Kijima zudem als ihren Bruder aufgenommen.

Sie haben die Revolte gegen den Seigo-Clan angeführt …

Bei DedSec können wir nämlich spielend leicht mit Informationen jonglieren.

... und über einen Informanten ein Treffen mit dir arrangiert.

Wir haben ihnen mitgeteilt, dass du Beweise zu Kijimas Ermordung besitzt ...

Was wird das hier?

... schaffst du es vielleicht, den Verantwortlichen für Kijimas Tod zu finden.

Wenn du in Kontakt mit der Torigoe-Familie kommst ...

Also dann, ich drück die Daumen!

BIEP

Gehe ich recht in der Annahme, dass Sie Goda-san vom Hauptpräsidium sind?

Bitte erlauben Sie mir, mich Ihnen kurz vorzustellen.

118

Ich heiße Kozo Takeda und gehöre zur Torigoe-Familie des Seigo-Clans.

Es ist mir eine Ehre, Ihre Bekanntschaft zu machen.

Rechte Hand des Torigoe-Vize-Oberhaupts (Seigo-Clan) und Boss des Takeda-Zweigs **Kozo Takeda**

Ich wollte Sie treffen, um Ihnen einen Tauschhandel anzubieten.

Mir ist zu Ohren gekommen, dass Sie Beweise über die Umstände seines Mordes haben.

Sie müssen wissen, dass Kijima unser Bruder war.

KOTOCK

Bitte verzeihen Sie, dass ich Sie so überraschend mit diesem Angebot überfalle ...

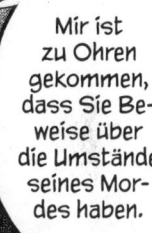

Wie schaut's aus?

Lungert da irgend- ein Heini rum?

Shundo,
schalte auf
Kamera
08!

Warte
kurz,
SSB!

TAPP
TAPP
TAPP

ZING

STÜRM

TACKA

ZING

ZING

Ich kenne
diese Hand-
schuhe ...

ZIUU

ZIUU

Mit Verlaub, Takeda-san ...

... aber ich habe keinen Grund, dieses Geld anzunehmen.

Kozo Takeda

Seigo-Clan
der berüge... des Stellvertreters
Vorstand der Takeda-Familie
Vorstand des Takeda-Zweigs

SST

... falls Sie Ihre Meinung ändern sollten.

Sie können sich jederzeit bei mir melden ...

Wir sind bereit, Ihnen jeglichen Wunsch zu erfüllen, Goda-san.

Ich danke Ihnen für Ihre Zeit.

Wir empfehlen uns.

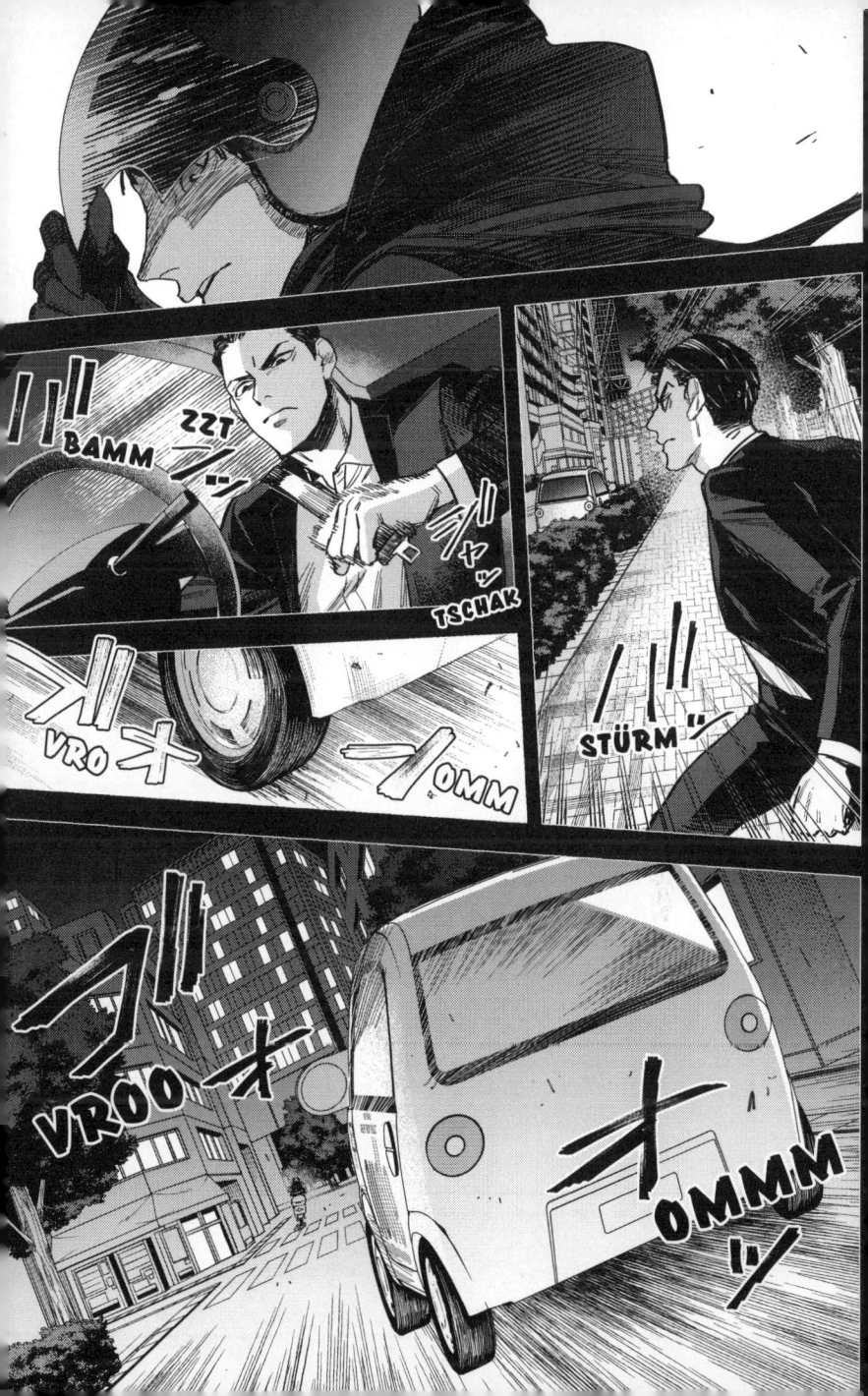

BLIEP

PLOPP

@Kiyomizu

Wie sollen wir vorgehen?

Er hat die Torigoes getroffen? Das kann ja heiter werden.

Er hat die Torigoes getroffen? Das kann heiter werden.

PLOPP

Wie sollen wir vorgehen?

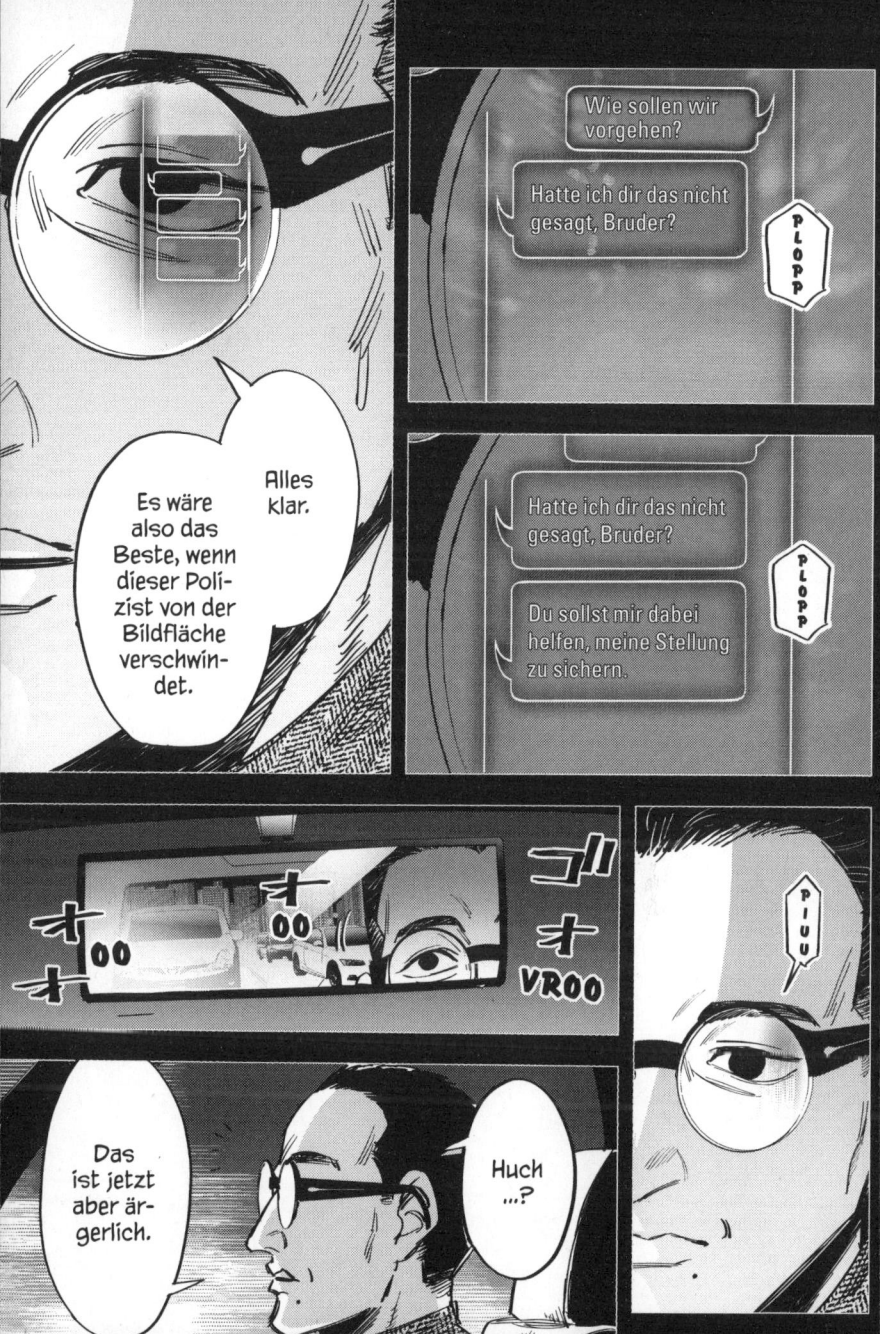

WATCH DOGS
T●KYO

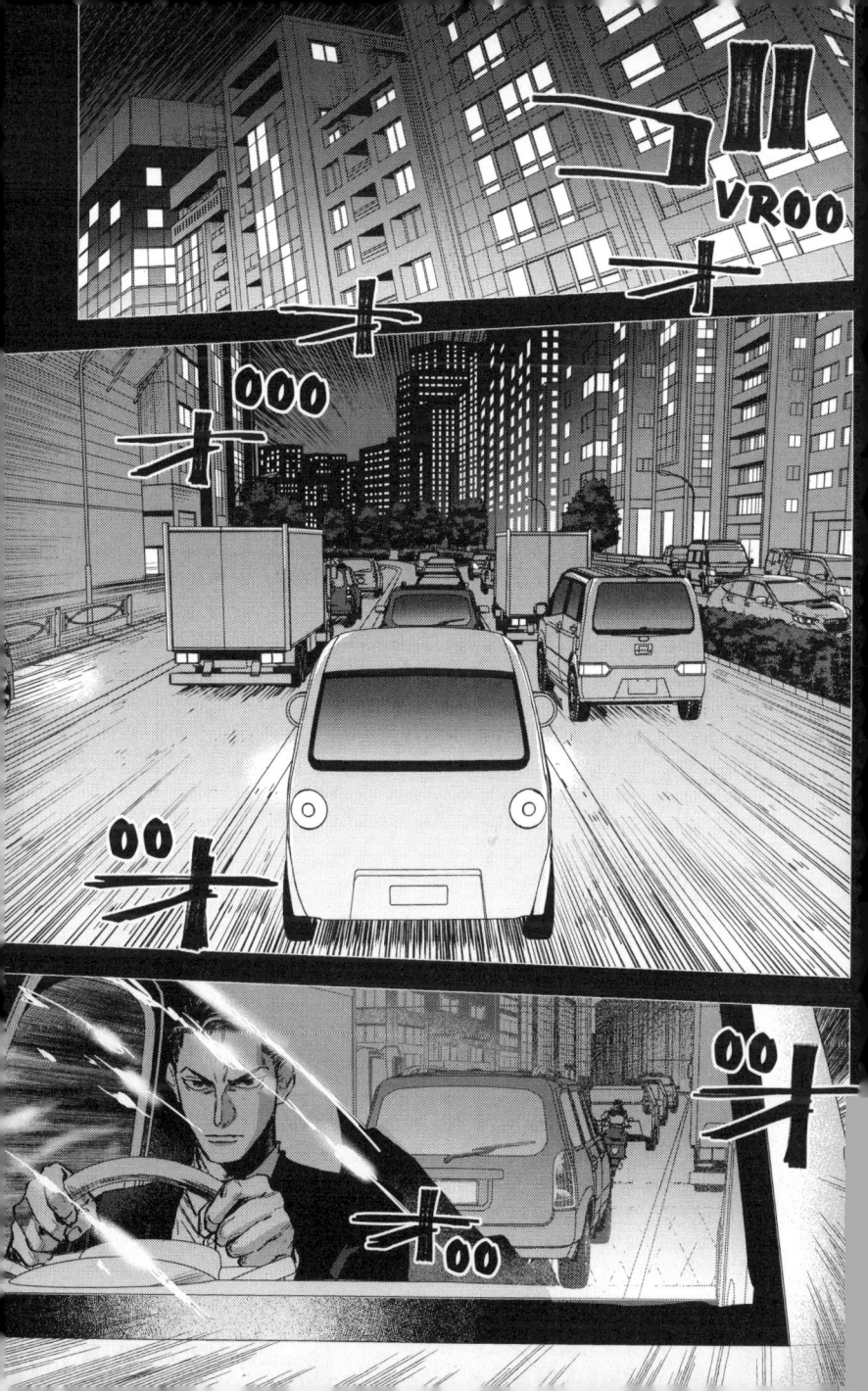

VROO OO

Außerdem wechselt er ständig die Spur.

... geht so seltsam mit dem Tempo hoch und runter.

Der Fahrer des Autos, dem du folgst ...

Ich frage mich nur, wie der Kerl da sein Auto steuert.

Das ist mir schon klar ...

KRATZ

KRATZ

Was meinst du?

... dass ihm jemand folgt.

Dann ahnt er wohl ...

... aber irgendwie glaube ich es jetzt auch.

Wär zwar gut, wenn es nur deine Einbildung wäre ...

...

Vielleicht schätze ich das auch falsch ein ...

Dann bin ich jetzt aufgeflogen, oder wie?

Willst du dieses Mal ...

... auf Nummer sicher gehen und ihn laufen lassen?

Du spinnst wohl.

Hast du mich nicht gehört? Ich lass unseren Freund hier doch nicht einfach von der Leine, wo er so schön angebissen hat!

Gut, ich hatte dich gewarnt.

Vehicle Monitoring System

Achtung: Potenzielle Verfolger!!
Der Fahrer eines Motorrads folgt Ihrem Wagen seit 12 Minuten.

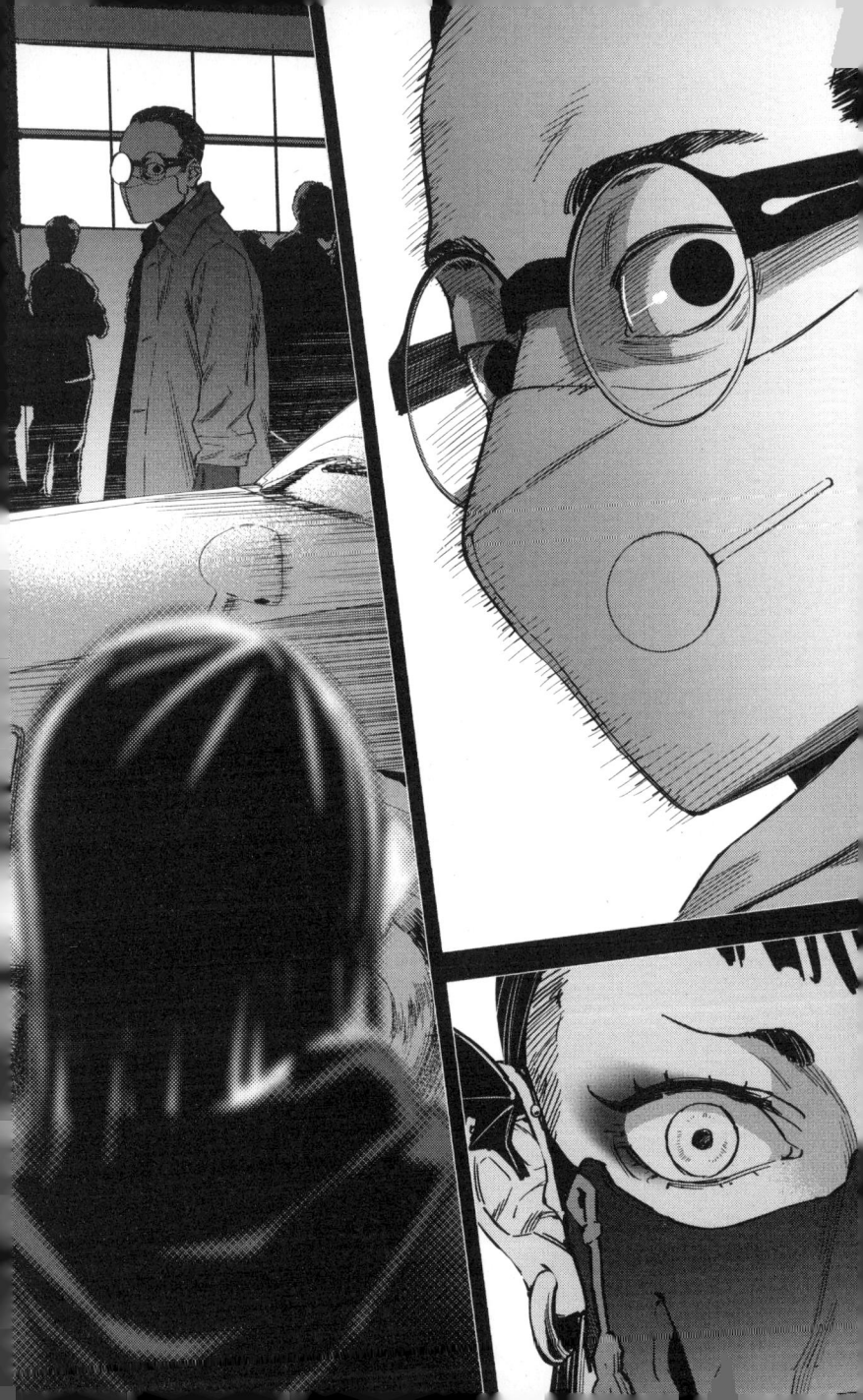

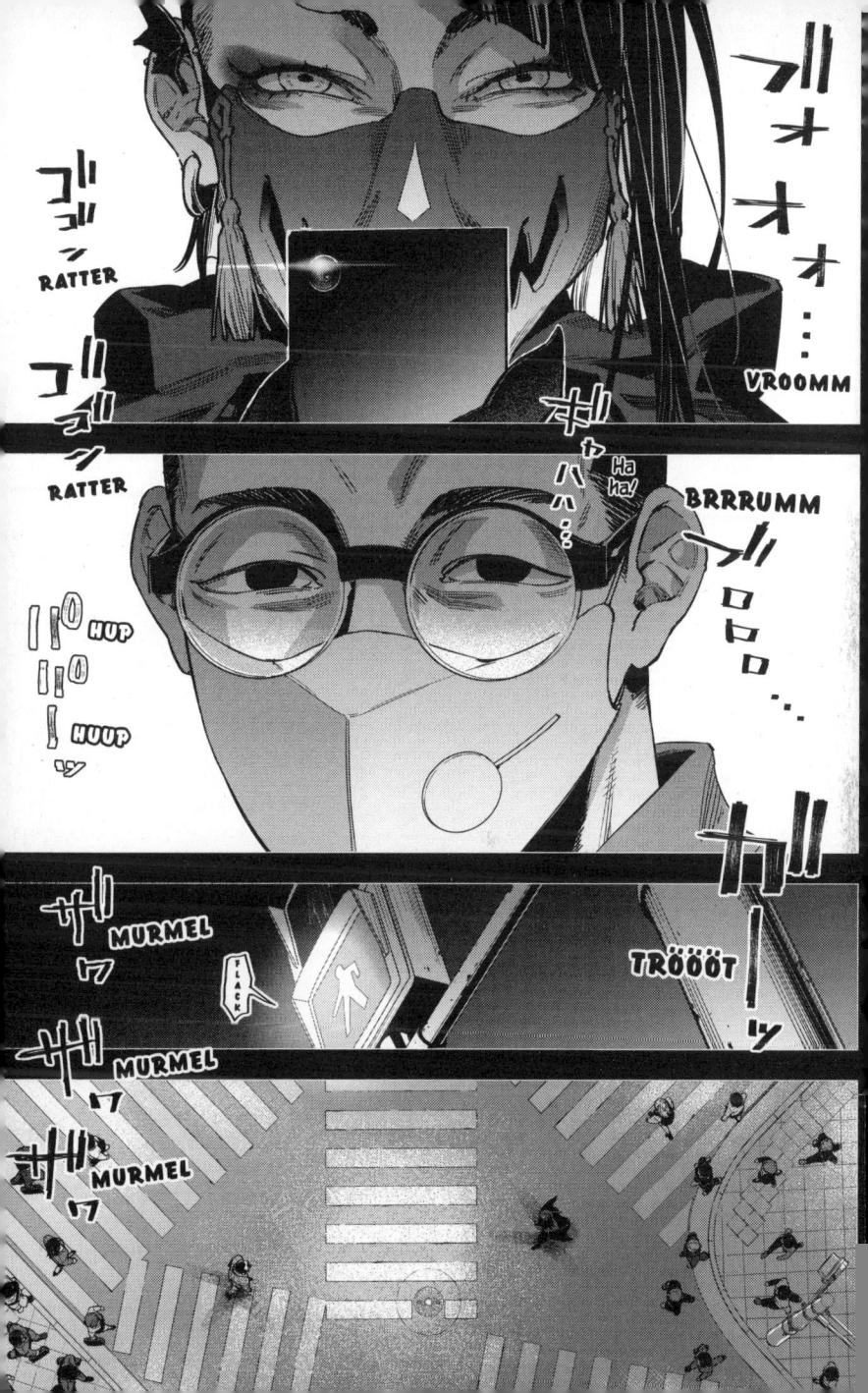

Ach ja? Und was machst du gerade mit deiner Brille?

Hör mal, Fräulein ...

Es gehört sich nicht, andere Leute heimlich zu filmen.

Erst dachte ich, du gehörst zu den Torigoes oder der Polizei ...

Aber wenn ich dich so reden höre, glaube ich ...

... dass ich da wohl falsch lag.

Man könnte zunächst auch denken, du wärst ein Yakuza, aber dann auch wieder nicht.

Zumindest riechst du nach Gefahr.

Ich bin ein ganz normaler, unbedeutender Dienstleister.

Wer weiß, vielleicht haben wir zwei einen ähnlichen Job?

Sieh an! Was haben wir nicht alles gemeinsam, hm?

BLINK

HUP HUUUP HUP HUUUP

MURMEL MURMEL MURMEL MURMEL MURMEL

Sicher Dreharbeiten oder so.

Was passiert da?

Da hast du eine kesse Sohle aufs Parkett gelegt!

Nicht schlecht, Fräulein!

Und du erst, Onkelchen! Zielst direkt mit der Sichel auf die Achillessehne?

Bist ja krass drauf!

Es wäre *so* bequem für mich, dir vor allen Leuten ein Bein abzuhacken.

Logisch! Ist besser, mich in aller Öffentlichkeit aufzuschlitzen, was?

Dich zu verschleppen, um dich dann ausquetschen, wäre zu mühsam.

Ich bin wirklich nur ein unbedeutender Dienstleister.

Wenn dann noch deine Kollegen kämen, müsste ich nur noch ihren Spuren folgen.

Ein Rettungswagen würde dich ins Krankenhaus bringen. Dort würde man deine Personalien feststellen.

Ach ja?

Bequemer ginge es nicht!

Dann müsste der liebe Onkel sich nur noch zurückziehen.

Wenn nicht, würdest du schlimmstenfalls sterben.

Fragt sich nur, ob's so glatt liefe.

Hast ja richtig Grips!
Wie ein echter Psycho-path!
Da sprichst du aus Er-fahrung, was?
Und wie-der etwas gemein-sam!
SCHWING
STÜRM
ZACK

FLITZ

!

ZAA

Er läuft
runter!

Ich
folge
ihm!

TAPP

TAPP

TAPP

TAPP

ZUCK

Dein Bein wirst du wohl nicht so schnell verlieren, Fräulein ...

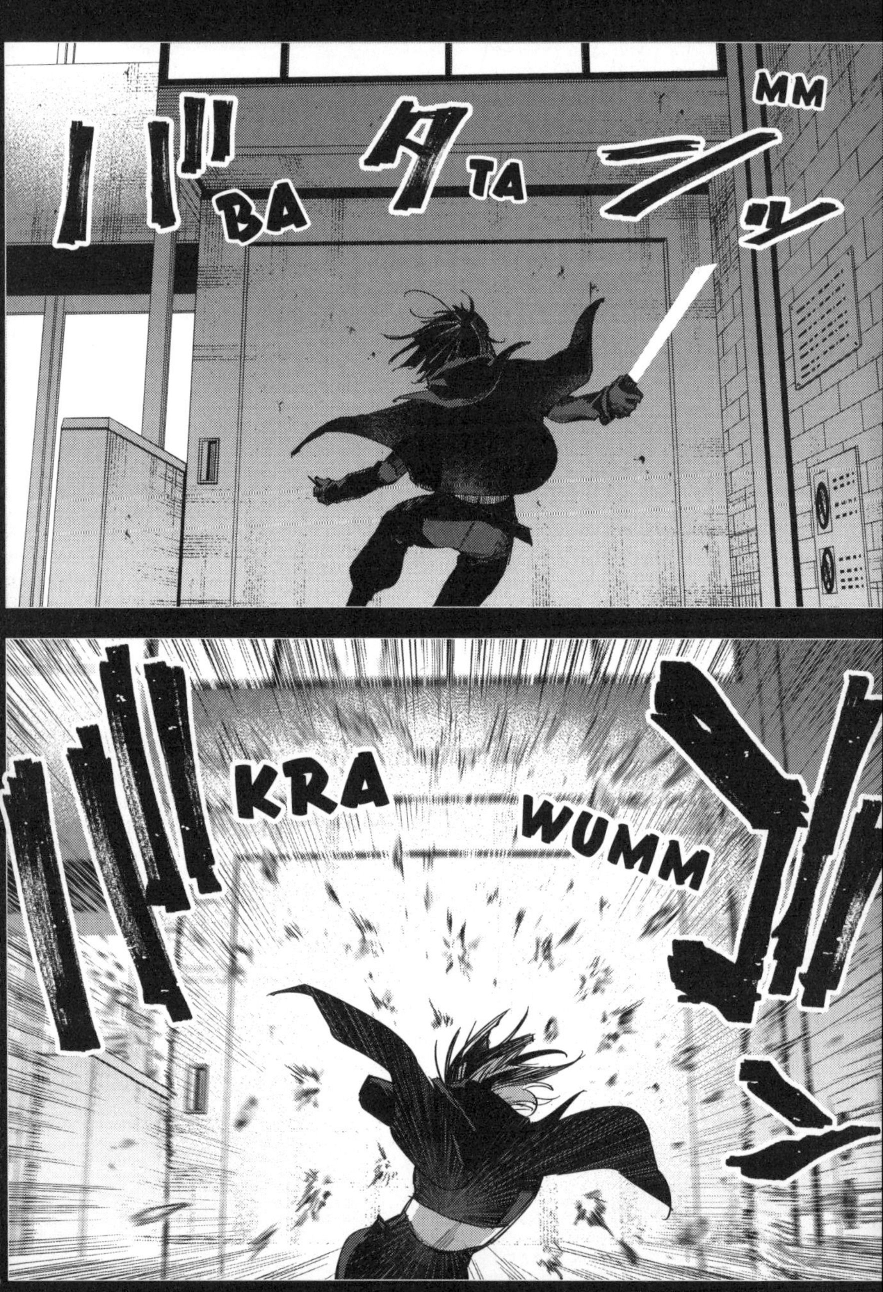
BA
TA
MM
KRA
WUMM

170

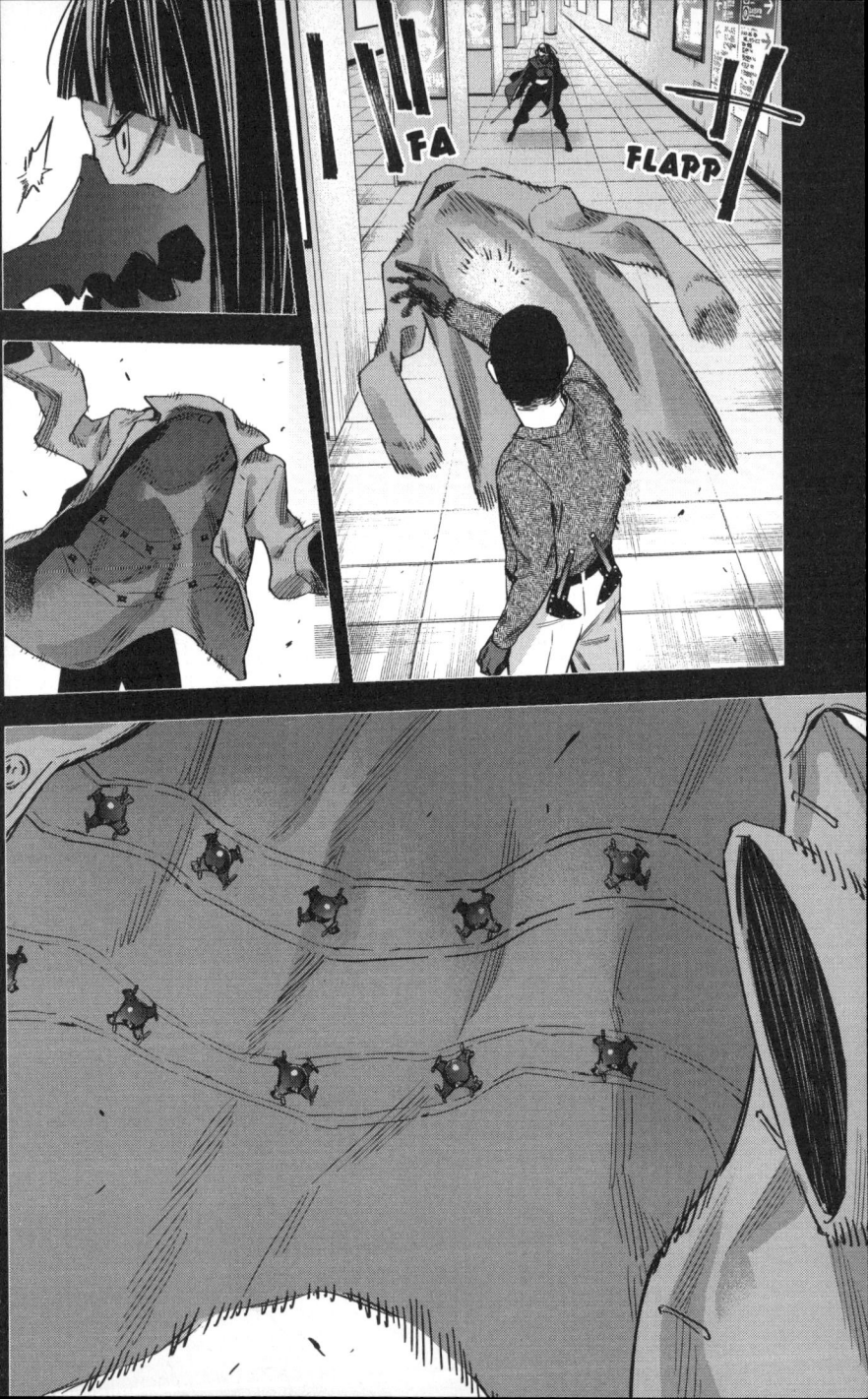

WATCH DOGS
T●KYO

*Hauptpräsidium

Ich bin Goda vom KVD! Wie ist der Stand?
Uns wurde eine Explosion gemeldet.
Wir sind auch gerade erst eingetroffen.
Sorgen Sie dafür, dass die Passanten sich dem Tatort nicht nähern.
Treten Sie bitte zurück! Es zu riskant!
Keinen Schritt näher!

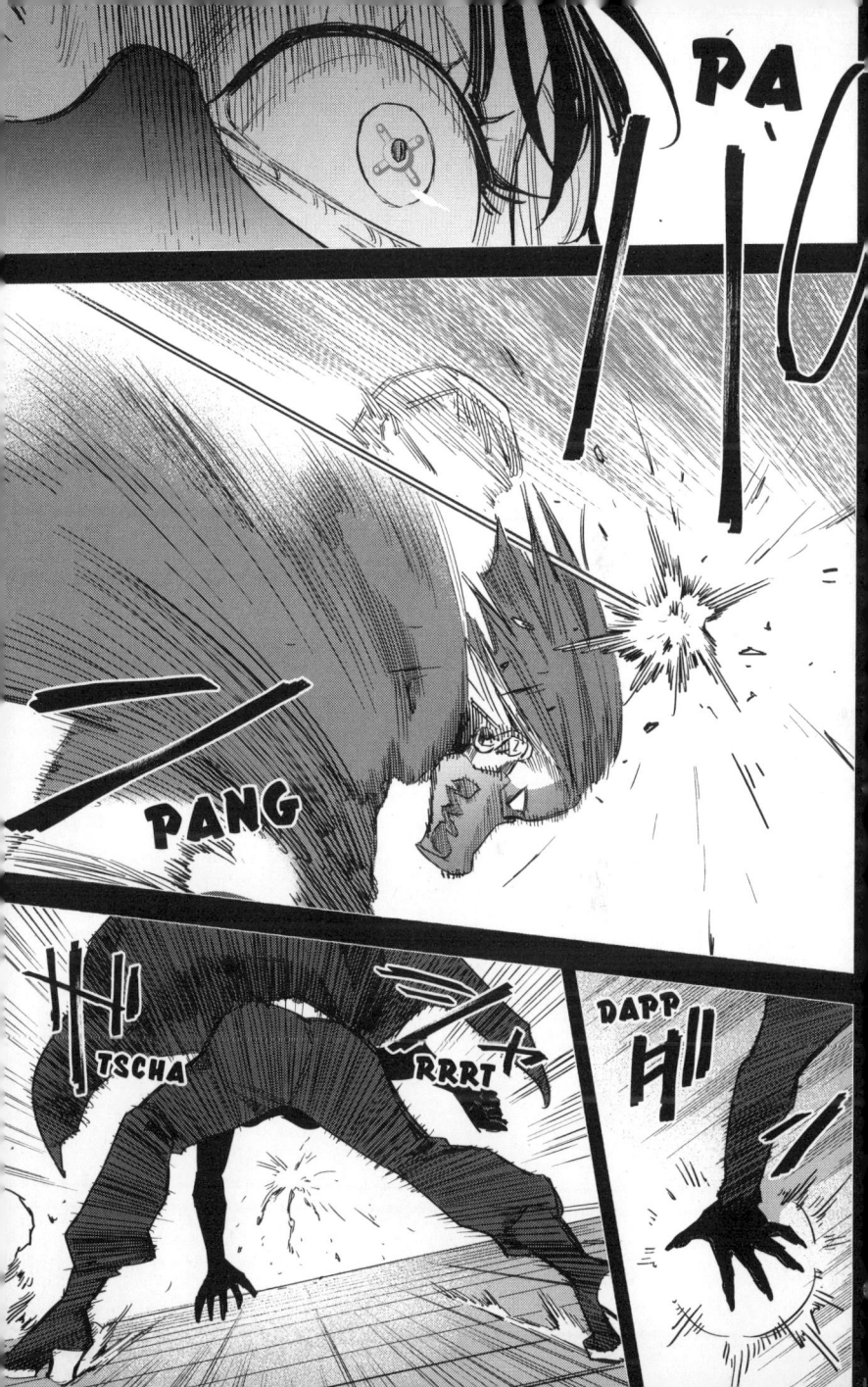

Sie wurden offenbar modifiziert ...

Aber die Basis bildet das Mikrodrohnen-Modell MD 1800PRO der Firma Tidis!

Ich checke das gerade!

Wisst ihr, was für Drohnen das sind?!

Camera Drone   MicroDrone   ApuriDrone   Industrial Drone   Specialize Drone

Micro Drone
MD-1800PRO

MD-2100-N

Takeoff Weight
251g

Takeoff Weight
299g

Max Ascent Speed
5 m/s (S Mode)
3 m/s (N Mode)
2 m/s (C Mode)

Max Ascent Speed
4m/s (S mode)
3m/s (N mode)

Camera
Lens

Camera
Lens
FOV 92°
Focus Rang: 1m to ∞

196

RATTER RATTER RATTER

MURMEL MURMEL MURMEL

MURMEL

Ich hatte es ja schon mit einigen Draufgängern zu tun ...

Ein wahrer Profi, von Kopf bis Fuß.

... aber du hebst dich bei Weitem von allen ab.

Ich geb dir gern 'nen Drink aus, wenn du mir deine Identität verrätst.

Baggerst du mich etwa an?

204

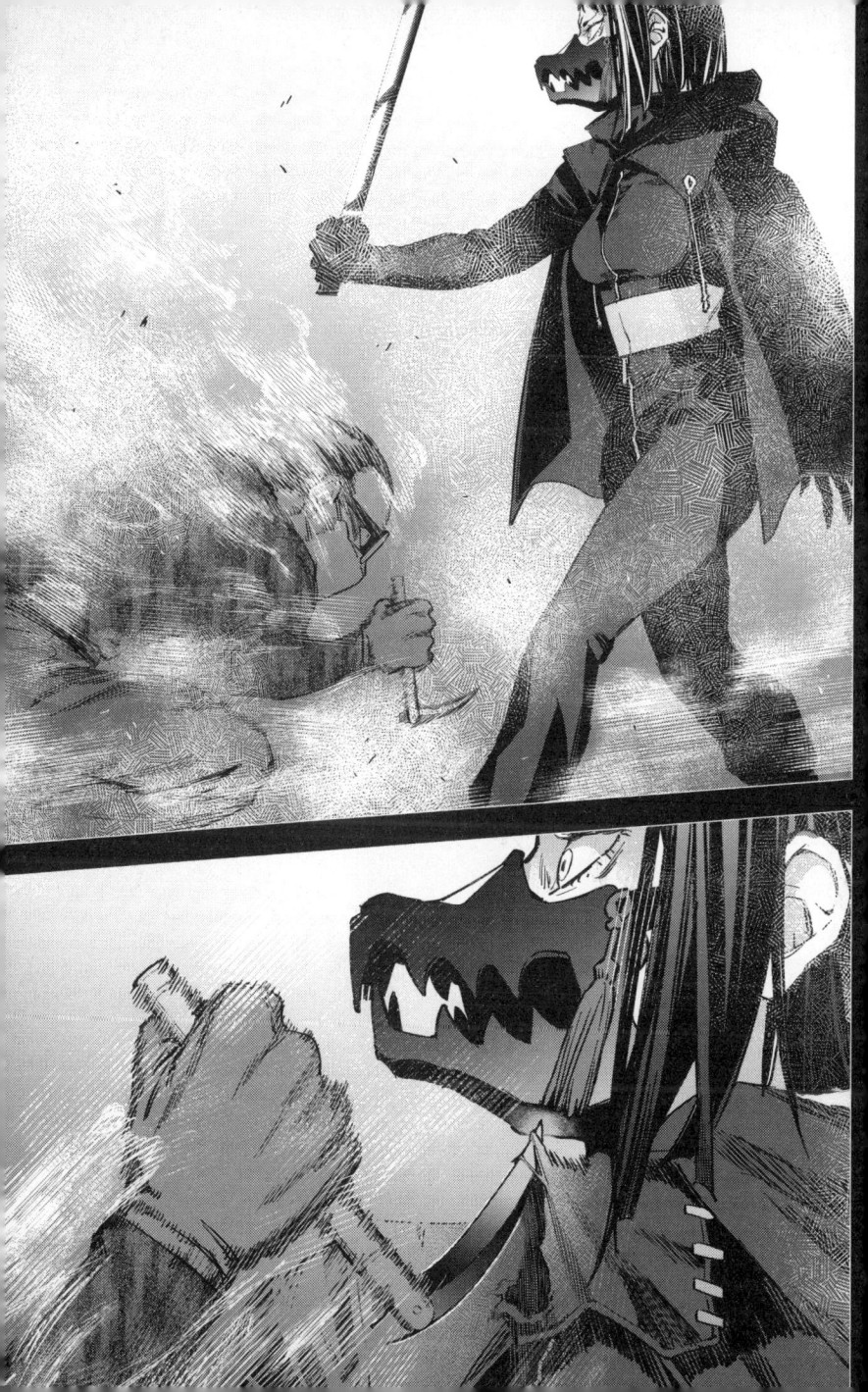

HIUU

||||

Hngh!

ZACK

/|||

ZAP

コ||
ROLL ロ

コ||
ROLL ロ

HEPP

TAPP

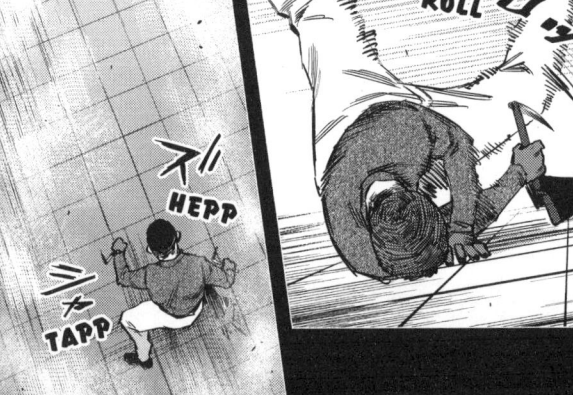

212

HEB

SRRT

ZÜCK

Der letzte Angriff hätte ins Auge gehen können.

Bist du okay?

SENK

So ist das also ...

...

Nun weiß der liebe Onkel, was hier für ein Spiel läuft.

Ist dir ein Licht aufgegangen?

Junges Fräulein ...

Du steckst mit dem Polizisten unter einer Decke, oder?

Kann gut sein.

Mein Fehler war es, mich von dir hervorlocken zu lassen.

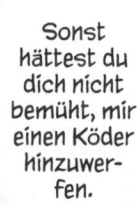

Da liegt die Vermutung nahe, dass du zusammen mit ihm Jagd auf etwas machst.

Sonst hättest du dich nicht bemüht, mir einen Köder hinzuwerfen.

...

Ich seh schon, dein Psychohirn ist fleißig am Arbeiten.

Im Umkehrschluss bedeutet das wohl ...

... dass ihr euch erhofft, irgendwelche Informationen aus mir herauszubekommen, oder?

Aber du hast dir nun mal die Mühe gemacht.

Magst du uns endlich sagen ...

... wer zur Hölle du bist, Onkelchen?

In bestimmten Kreisen nennt man Leute wie mich auch »Fixer«.

Wobei ...

Das sagte ich doch bereits: Nur ein unbedeutender Dienstleister.

Ein Fixer also ...

Euer lieber Onkel hat nun die Aufgabe ...

... zu seinem Auftraggeber zurückzukehren, um ihm mitzuteilen, dass der Polizist keinen blassen Schimmer von irgendetwas hat.

SST!!

FLAPP

Allerdings gibt es dabei ein klitzekleines Problem ...

Nämlich, dass der liebe Onkel euch beide unterwegs noch abwimmeln muss.

Packst du noch 'ne Waffe aus?

Der liebe Onkel verrät euch stattdessen, dass er im Besitz von Kijimas Beweisdaten ist.

Na, was sagt ihr?

Nein, keine Waffe diesmal.

Lasst uns ver- handeln, nur wir drei.

Ein Geschäft unter Profis, wie klingt das?

WATCH DOGS
T O K Y O

02 – Ende
Forsetzung folgt

TOKYOPOP GmbH
Hamburg

TOKYOPOP
1. Auflage, 2024
Deutsche Ausgabe/German Edition
© TOKYOPOP GmbH, Hamburg 2024
Aus dem Japanischen von Tony Toshimitsu Tran

© 2024 Ubisoft Entertainment.
All Rights Reserved.
Watch Dogs, Ubisoft and the Ubisoft logo are registered
or unregistered trademarks of Ubisoft Entertainment
in the U.S. and/or other countries.

Redaktion: Aranka Schindler
Lettering: Vibrant Publishing Studio
Herstellung: Rita Geers, Nils Bornemann
Druck und buchbinderische Verarbeitung:
CPI – Clausen & Bosse GmbH, Leck
Printed in Germany

ISBN 978-3-8420-9685-1

www.tokyopop.de

ASSASSIN'S CREED DYNASTY

Zhang Xiao / Xu Xianzhe / Ubisoft

Rettung einer Dynastie

Assassine Li E kämpft im Verborgenen für den Frieden und das einfache Volk, als die Tang-Dynastie im 14. Jahr der Tianbao-Ära (755) im Bürgerkrieg versinkt. Er wirft all sein Können in die Waagschale, um dem übermächtigen Gegner Einhalt zu gebieten. Ist ein Einzelner in der Lage die Krise abzuwenden? Ein Abenteuer in einer der faszinierendsten Epochen der chinesischen Geschichte!

STOPP!

**Dies ist die letzte Seite des Buches!
Du willst dir doch nicht den Spaß verderben
und das Ende zuerst lesen, oder?**

Um die Geschichte unverfälscht und original-
getreu mitverfolgen zu können, musst du es
wie die Japaner machen und von rechts nach
links lesen. Deshalb schnell das Buch um-
drehen und loslegen!

So geht's:

Wenn dies das erste Mal sein
sollte, dass du einen Manga
in den Händen hältst, kann dir
die Grafik helfen, dich zurecht-
zufinden: Fang einfach oben
rechts an zu lesen und arbeite
dich nach unten links vor.
Viel Spaß dabei wünscht dir
TOKYOPOP®!